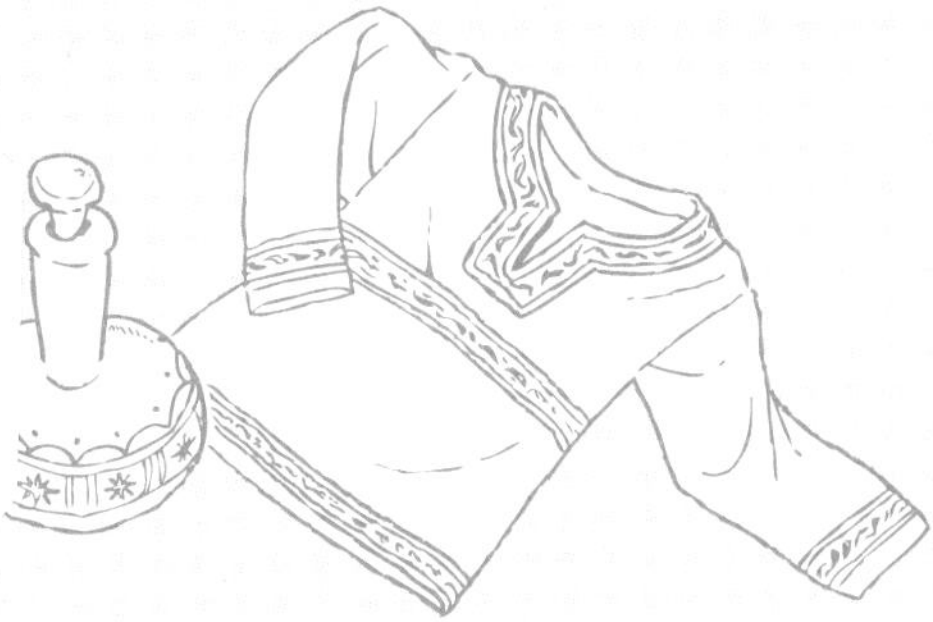

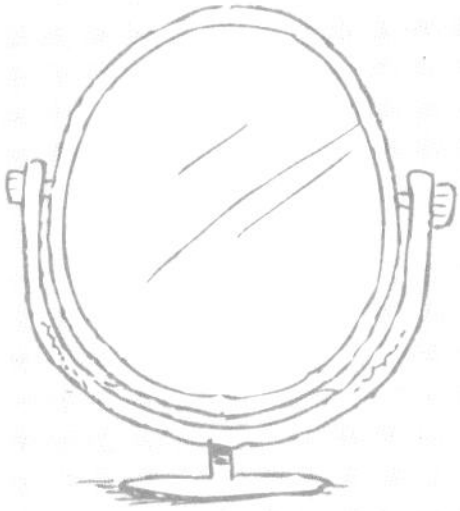

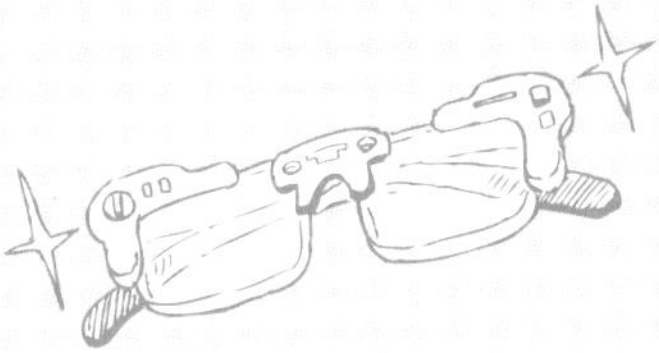

まほうデパート
本《ほん》日《じつ》かいてん！

山野辺一記・作　木村いこ・絵

「ケンタ、早《はや》く　はを　みがいて、ねなさい」
マンガを　読《よ》んでいた　ぼくに
お母《かあ》さんは　いった。たしかに、いつもなら
とっくに　ねる時《じ》間《かん》に　なっている。
ぼくが　はを　みがきはじめたとき、
せんめんじょの　まどの　外《そと》が　ピカリと
光《ひか》った。ゴロゴロゴロゴロと　びっくりするような
音《おと》が　きこえてくる。こんな　大《おお》きな

かみなりは　はじめてだ。すぐに、
ザーザーと　雨《あめ》が　ふりはじめた。
そのとき、とつぜん　げんかんの　とびらを
ドンドンドンと　たたく　音《おと》が　した。

こんな　夜中《よなか》に　おきゃくさんかな？
とびらを　あけた　音《おと》に　つづいて、
お母《かあ》さんの　びっくりした　声《こえ》が
家中《いえじゅう》に　ひびきわたった。

「おじいちゃん。
どうしたんですか、こんな　時間《じかん》に」
おじいちゃん？
本当《ほんとう》に　おじいちゃんが　帰《かえ》ってきたの？

ぼくと　お父《とう》さんも、いそいで　げんかんに
いってみた。
すると、げんかんに　ぼろぼろの　ケープを
はおった　ゲンゾウおじいちゃんが　立《た》っていた。
雨《あめ》で　ずぶぬれの　おじいちゃんは、
とても　大《おお》きな　リュックサックを
せおっている。

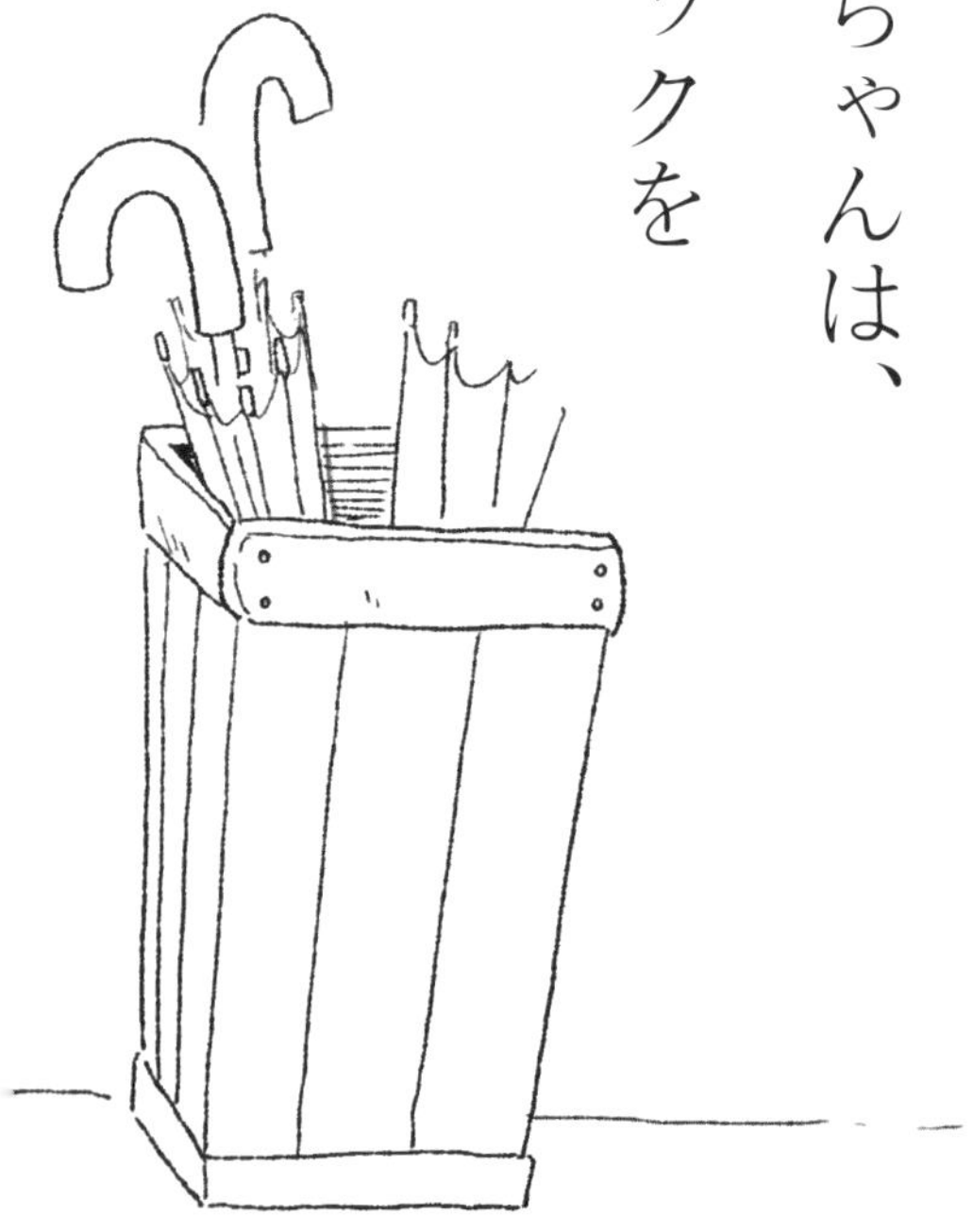

お父《とう》さんから　前《まえ》に　きいたことなんだけど、
おじいちゃんは　大《おお》むかしの　まほうつかいや
こわい　おばけの　けんきゅうを　している、
えらい　がくしゃなんだって。
しごとで　ずっと　外国《がいこく》へ　いっていて、
いつ　帰《かえ》ってくるのかは、かぞくの　だれにも
わからないんだ。
「ケンタ、大《おお》きくなったな」

おじいちゃんは　ぼくの　顔《かお》を　みると、大《おお》きな　声《こえ》で　わらいはじめた。おじいちゃんの　つかっていた　へやは、お父《とう》さんと　お母《かあ》さんが　ものおきにしてしまっていたので、おじいちゃんはしばらくの間《あいだ》、ぼくの　へやに　住《す》むことになった。

その　夜《よる》は、おじいちゃんと　同《おな》じ

ふとんで　いっしょに
ねたんだ。
おじいちゃんの　体《からだ》は
とても　大《おお》きい。
おふとんを
ひとりじめするから、
ぼくは　かぜを
ひきそうに　なっちゃった。

つぎの　日《ひ》、
学校《がっこう》から　もどると、
おじいちゃんは
ぼくの　へやに　いた。
へやは、おじいちゃんの
にもつで　ちらかっていた。
これじゃあ、しゅくだいを
することも　できないよ。

「ケンタに　おみやげが
あるんだぞ」

ぼくは、とびあがって
よろこんだ。

おみやげって、おもちゃ？

それとも　おかしかな？

「どこに　あるの？」

「おしいれの中《なか》だ」

そういうと、おじいちゃんは　おしいれを
ゆびさした。
「おしいれの中《なか》に？　なに、なに？」
おしいれは、ぼくの　おふとんや　おもちゃで
いっぱいの　はずだった。
「あけてみるんだ」
おじいちゃんに　いわれて、ぼくは
おしいれを　あけてみた。すると……。

ぼくの 体《からだ》は、おしいれの中《なか》に
すいこまれていく。
「うわあああ！」

まわりは　まっくらだった。
ぐるぐる　回《まわ》りながら、
下《した》に　おちていく。
せんたくきの中《なか》の
せんたくものって、
こんな　かんじかな！

とても　長《なが》い　時間《じかん》、
まっくらな中《なか》を　どこまでも
おちていったような　気《き》が　する。

しばらくして　まっくらな
あなを　ぬけると、広《ひろ》い
ところに　おしりから　おっこちた。
「あいたたた……」

まわりを　みると、ふくや　かぐ、
電気《でんき》せいひん、それから　車《くるま》や　ひこうきまで、
たくさんの　しなものが　遠《とお》くまで
ならんでいる。

「ここは、どこ？」

なんかいだてなんだろう？ 上《うえ》へ
のびている エスカレーターの おわりが
みえないよ。

まるで　ここは……。

「ここは　まほうデパートだぞ」

いつのまにか　おじいちゃんが　よこに　いて、

ぼくに　いった。おじいちゃんも、あとから

ここへ　きたみたいだった。

おしいれの中《なか》に、デパートが　あるってこと？

「この　デパートは　おじいちゃんが

つくったんだ。

ここは　マホウノドウグを
売《う》っているんだよ」
マホウノ……ドウグ？
まほうのどうぐ！
まほうって、
まほうつかいが　つかう、
あの　まほう？

「ここに　ある　どうぐを　つかえば、だれでも
まほうを　つかうことが　できるんだ」
「この　どうぐ　ぜんぶ、
おじいちゃんが
作《つく》ったの？」
ぼくの　しつもんに、
おじいちゃんは
わらいながら　答《こた》えた。

「おじいちゃんが　まほうの国《くに》を　すくったとき、
その　国《くに》の　王子《おうじ》さまから
ごほうびとして　もらったものなんだ」
「まほうの国《くに》へ　いっていたの？」
「そうさ。どうしても
いってみたかったからな」
おじいちゃんは、ぼくに　まほうの国《くに》の
できごとを　教《おし》えてくれた。

まほうデパートへ　きたときみたいに、
まっくらな　あなに　すいこまれて、
おじいちゃんは　まほうの国《くに》へ
いったんだって。
まほうの国《くに》では　その　とき、
わるい　まほうつかいが
あばれて、
こまっていたらしい。

そこで　おじいちゃんは、まほうの国《くに》の
王子《おうじ》と　二人《ふたり》で、わるい　まほうつかいと
たたかったんだって。
大《おお》きな　ぼうしを　かぶった　王子《おうじ》と
おじいちゃんは、いっしょに　がんばって
わるものを　たいじしたそうなんだ。
まほうの国《くに》を　たすけた　ごほうびとして
もらったのが、この　たくさんの　まほうどうぐ。

「こまっている　人《ひと》の　ために、　まほうどうぐを
あげようと　思《おも》っているんだ」
「ここの　どうぐ、ぜんぶ　ただで　あげるの？」
「そうだ。なにせ、王子《おうじ》さまから
もらったものだからな。
そして、これが　ケンタへの　おみやげだぞ」
おじいちゃんは、一《いっ》さつの　本《ほん》を　さしだした。

「これは　まほうどうぐの　カタログだ。
これを　もっていれば、デパートに　ある
まほうどうぐを　すぐに　みつけだすことが
できる。まあ、これさえあれば、ケンタは
デパートの　店長《てんちょう》に　なれるということだ」
「店長《てんちょう》なの、ぼくが？」
「ああ。この　デパートの　まほうどうぐで、
おきゃくさんを　たすけてあげるんだぞ。

まほうは　正直《しょうじき》な　人《ひと》の
やくに立《た》ってくれるんだ」

おじいちゃんに　いわれて、ぼくは　考《かんが》えた。
デパートなら、たくさんの　おきゃくさんに
きてもらわないと　いけないはずだ。
「だったら、デパートのことを
せんでんしなきゃ」

つぎの　日《ひ》、学校《がっこう》の
じゅぎょうが　はじまる　前《まえ》、
「今日《きょう》から、まほうデパート、
はじめました」
ぼくは　クラスメートの
みんなの前《まえ》で　いった。

「まほうデパートには　やくに立《た》つ
まほうどうぐが　たくさん　あるよ。
だから、こまっている　人《ひと》は、
ぼくの　デパートに　きてね」
ぼくは　まほうデパートのことを
せつめいしたんだけど、クラスの　みんなは、
「なに　それ？」
「まほうなんて、しんじられないよ」

「うそつくなよ、ケンタ」
と　わらうばかり。
だれも　ぼくの　いうことは
しんじてくれない。

しかも、あんな　大声《おおごえ》で　わらわなくても
いいじゃないか。
ぼくは　その　日《ひ》、ずっと　しょんぼりしていた。
「なんで、ぼくの　いったこと、
しんじてくれないんだろう……」
ぶつぶつ　いいながら　家《いえ》に　帰《かえ》ると、
でんちゅうの　かげから、だれかが　ぼくを
みていることに　気《き》づいた。

「ハルカちゃん！」
おどろいた。
でんちゅうの　かげから　ぼくを
のぞいていたのは、
ジンナイハルカちゃんだった。
ハルカちゃんは　ぼくと　同《おな》じ
クラスなんだけど、せいせきは　ぼくより
ずっと　よくて、クラスの　人気《にんき》ものだ。

ハルカちゃんは　小《ちい》さい声《こえ》で
ぼくに　きいてきた。
「まほうデパートって　本当《ほんとう》？」
「本当《ほんとう》だよ」
それを　きくと　ハルカちゃんは、
「まほうのどうぐで　わたしを　たすけてほしいの」
と　ぼくの　顔《かお》を　しんけんに　みつめて、
いった。

それから　ハルカちゃんは、なぜ
まほうのどうぐが　ほしいのかを　教《おし》えてくれた。
今《いま》、ハルカちゃんは　ものすごい
ピンチだった。

ハルカちゃんは　大《だい》すきな　バレエを
がんばっていたんだけど、その　せいで
べんきょうする　時間《じかん》が　なくなって、
さいきん　テストの　点《てん》が　おちたそうなんだ。

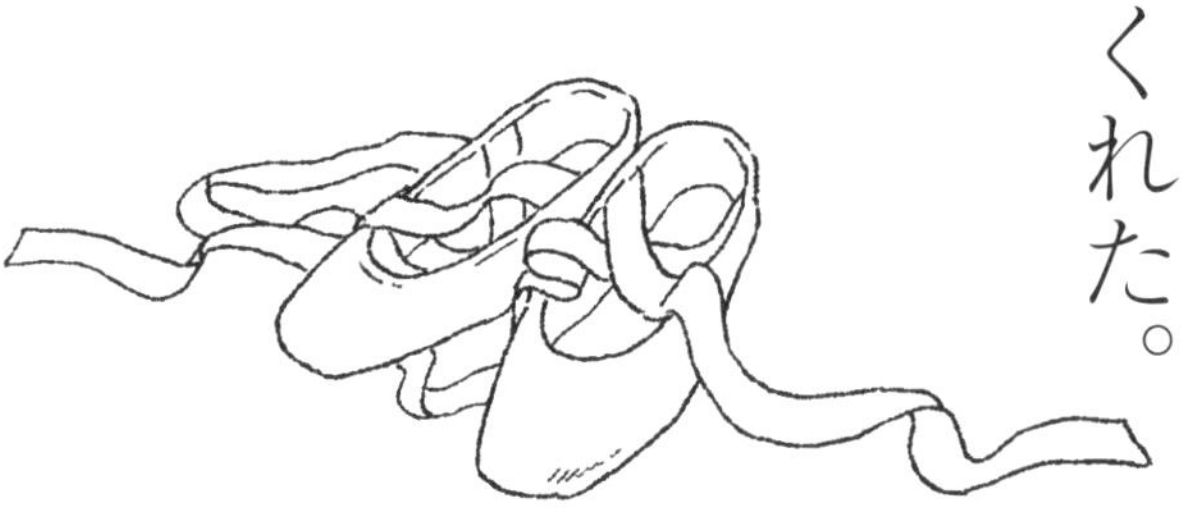

それでも　ぼくよりは　せいせき　いいんだけど。
今《いま》より　もっと　せいせきが　わるくなれば、
ハルカちゃんは　お父《とう》さんと　お母《かあ》さんに、
バレエを　やめさせられてしまうんだって。

ハルカちゃんは　大《だい》すきな　バレエを
やめたくない。
それで　こまって、なにか　せいせきを
上《あ》げる　まほうどうぐが　ないか、ぼくに
そうだんしにきたというんだ。
「わたし、どうしても　バレエを　やめたくないの」
ハルカちゃんは　なきそうな　顔《かお》で　ぼくに
いった。

「わかった！　ハルカちゃんの　せいせきが
上《あ》がる　まほうどうぐを　さがしてあげるよ」
ぼくは、ハルカちゃんと　やくそくした。
そして　ランドセルから　デパートの
カタログを　出《だ》し、ハルカちゃんに　みせた。
「この　カタログに、　きっと　ほしい
まほうどうぐが　のっているよ」

ぼくは　ハルカちゃんを　ぼくの　へやへ
あんないした。
ハルカちゃんを　おじいちゃんに
会《あ》わせるつもりだったんだ。
でも、へやに　おじいちゃんは　いなかった。
「なんだろう？」
ぼくは　つくえの上《うえ》に　おかれていた
手紙《てがみ》を　みつけた。

手紙《てがみ》は　おじいちゃんからだった。

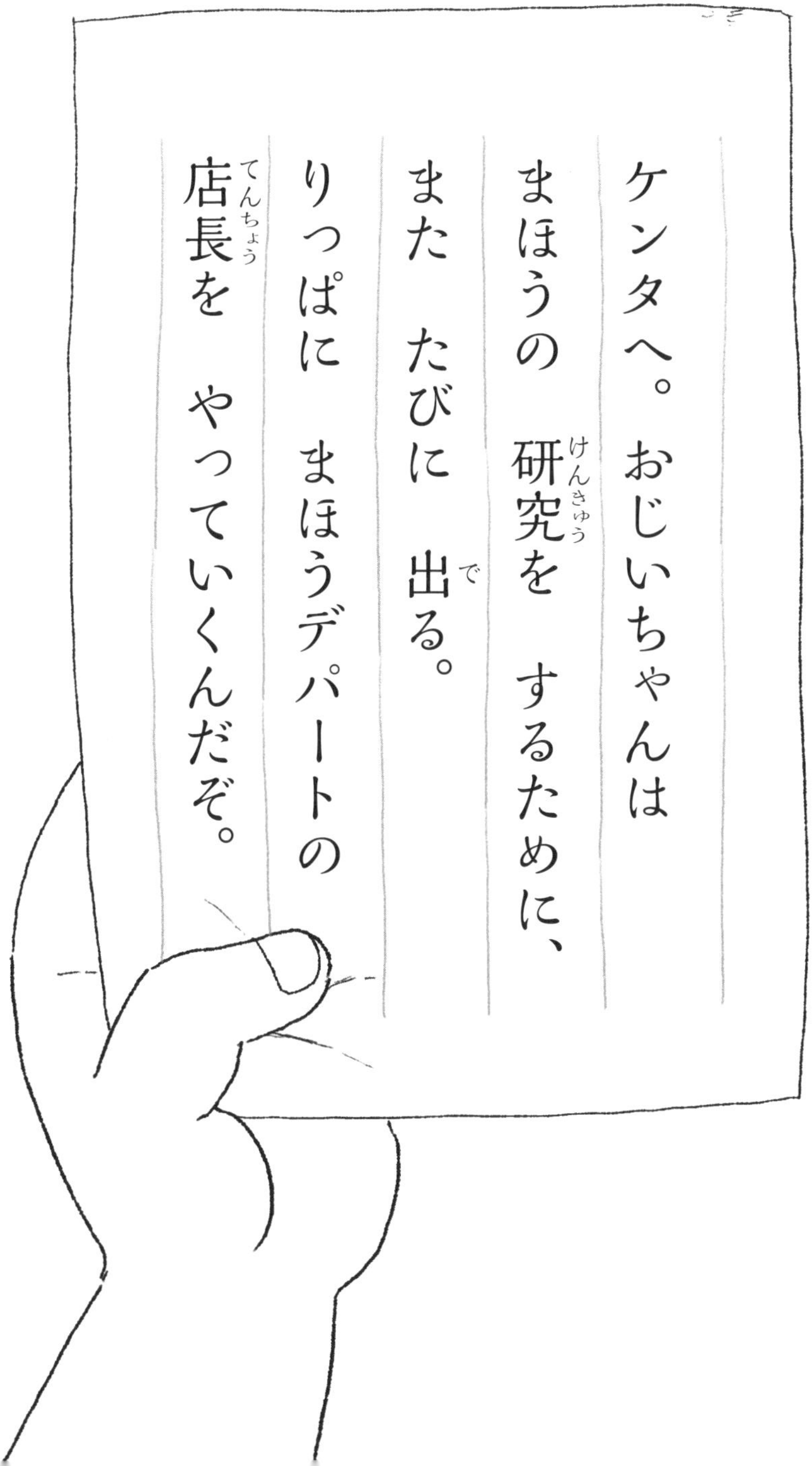
ケンタへ。おじいちゃんは
まほうの　研究《けんきゅう》を　するために、
また　たびに　出《で》る。
りっぱに　まほうデパートの
店長《てんちょう》を　やっていくんだぞ。

「えっ――！

おじいちゃん、いないの――！」

手紙《てがみ》を　読《よ》むと、ぼくは　いそいで

お母《かあ》さんのところへ　走《はし》っていった。

にわで　せんたくものを　とりこんでいた

お母《かあ》さんに　ぼくは　きいた。

「おじいちゃんは？」

「おじいちゃんなら
また　おしごとに　いくって、
つい　さっき　しゅっぱつしたわよ」

「いつ　もどってくるって？」
「そんなこと、
お母《かあ》さんに　きかれても、
わからないわよ」
いそがしい　お母《かあ》さんは、
それいじょう　答《こた》えてくれなかった。
おじいちゃんのことだから、
すぐには　帰《かえ》ってこないんだろうなあ……。

ぼく　一人《ひとり》で　まほうデパートを
やっていくの？

へやに　もどると、
「どうしたの？　だいじょうぶ？」
と　ハルカちゃんが　しんぱいそうに　いった。
ハルカちゃんの　顔《かお》を　みていたら、
ここで　「できない」　なんて、
ぜったい　いえないよ。
「よし。まほうデパートへ　いこう」
ぼくは　ハルカちゃんの　手《て》を　とり、

おしいれを　あけた。

ハルカちゃんと　ぼくは、まっくらな
あなを　ぐるぐる　回《まわ》って　おちていく。
あなを　ぬけると、そこは　みんなが
おどろく　まほうデパート。

「すごい。ここは　本当《ほんとう》に　おしいれの中《なか》なの？」

ハルカちゃんは　目《め》を　丸《まる》くして
おどろいている。
食《た》べるもの、きるもの、ここには
なんでも　あるんだ。
おきゃくさんの　ハルカちゃんに、
ぼくは　せつめいした。
「これ、ぜんぶ　まほうのどうぐなんだよ、
すごいでしょ」

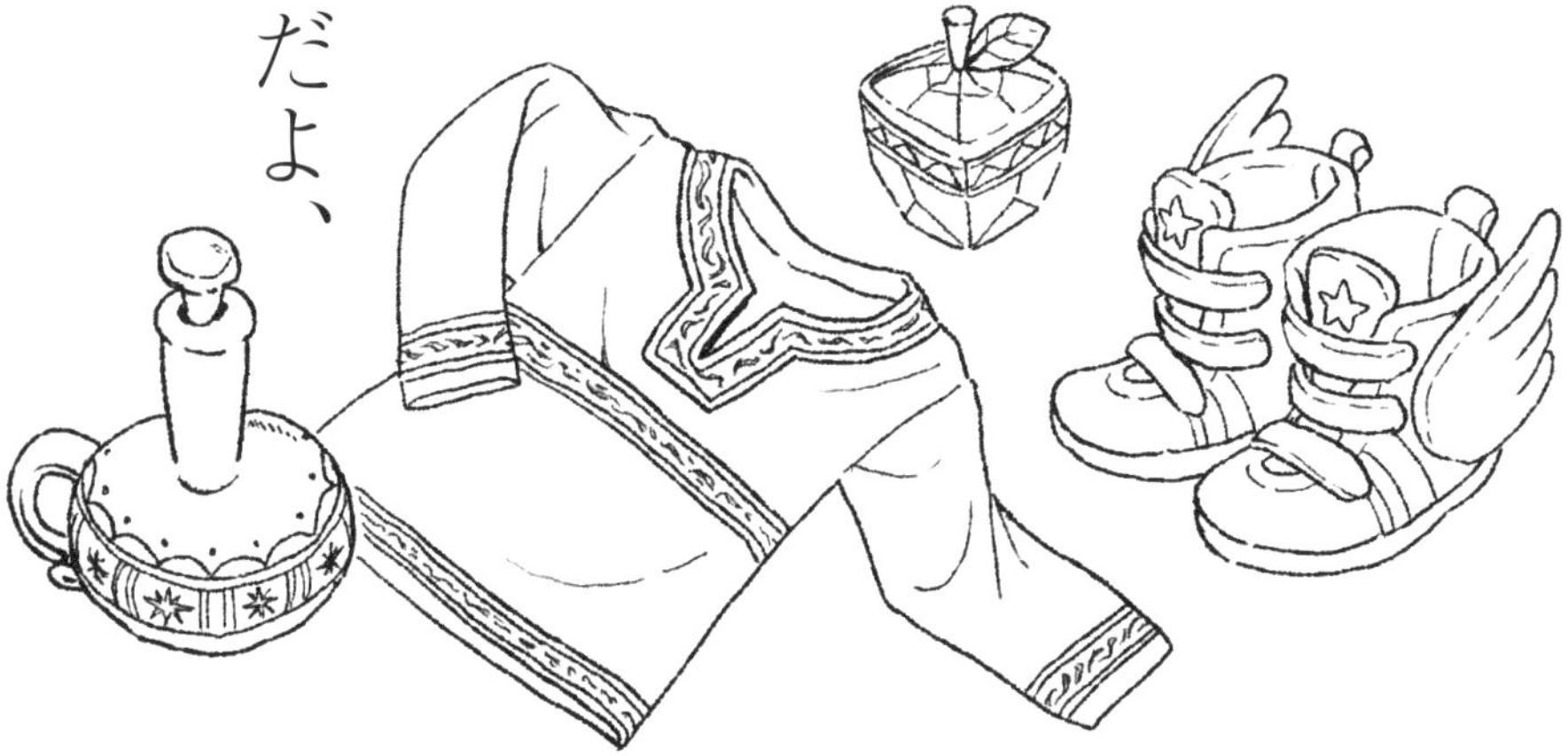

そして　カタログを　ひらいた。
「ハルカちゃんの　やくに立《た》ちそうな
まほうどうぐは　と……」
すると、ある　ページが
光《ひか》りはじめた。

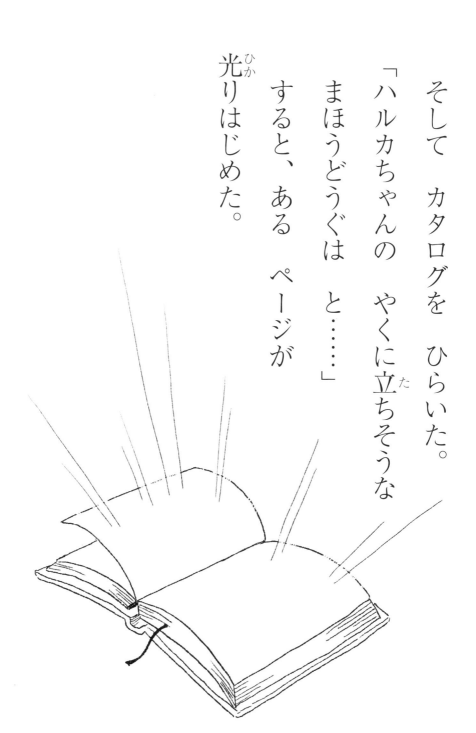

ひらくと、その　ページには
「カンガエルーメガネ」が　のっている。

なんて　べんりな　カタログなんだ。
ひつようなものを　すぐに　教《おし》えてくれる。

それから、ぼくと　ハルカちゃんは、
デパートの　メガネ売《う》り場《ば》まで　いった。
そこで、たくさんある　メガネの中《なか》から、
カンガエルーメガネを　みつけだした。
カタログに　よれば、この　メガネを
かけると、考《かんが》えなくても
しつもんや　テストの　答《こた》えが
みえてくるというんだ。

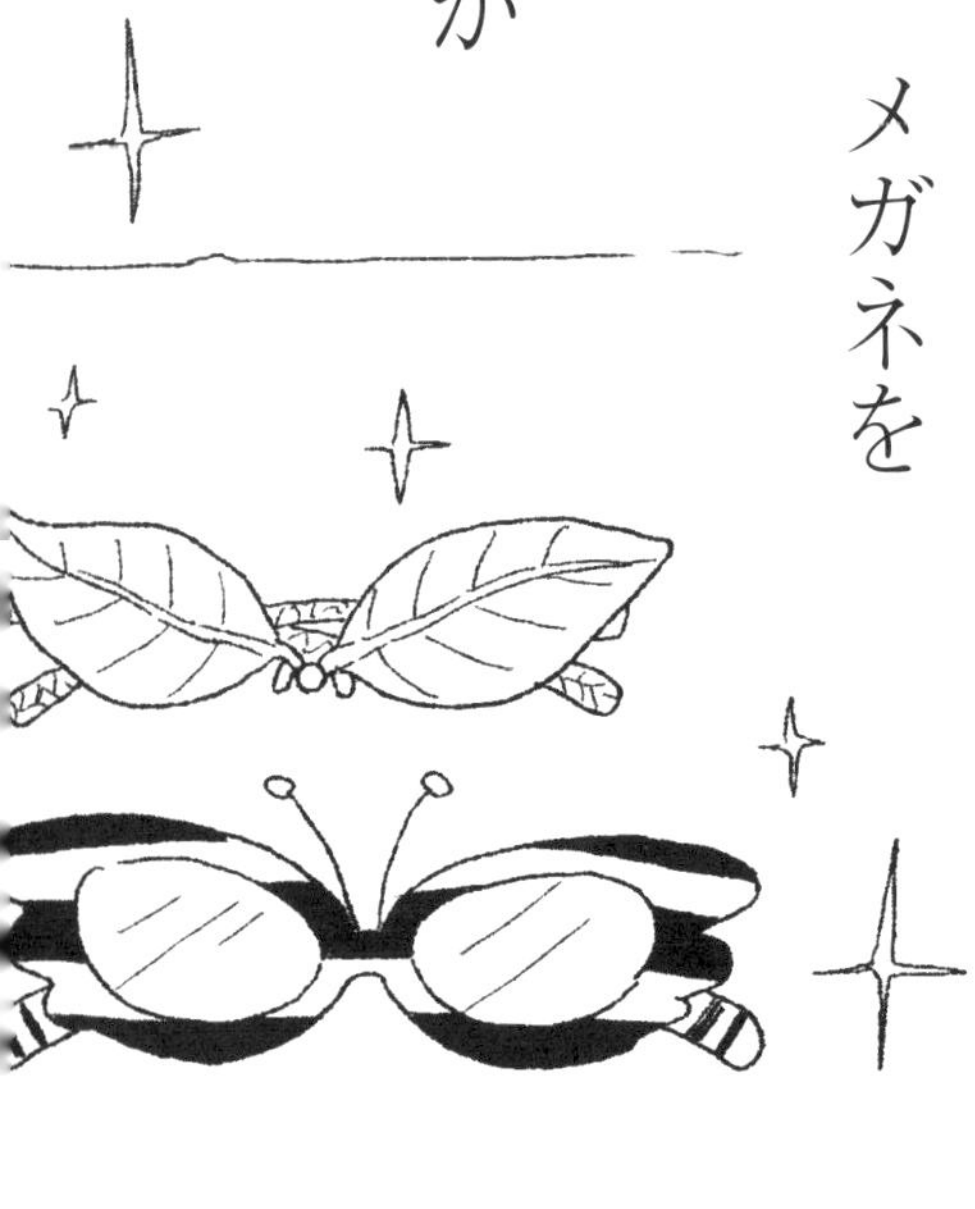

すごいよ、これ！
テストで　つかったら、
ぜったいに　百点《ひゃくてん》を　とれる。
そうすれば、ハルカちゃんの
せいせきは　上《あ》がって、
バレエを　やめることは
なくなるんだ。
「ありがとう。ケンタくん」

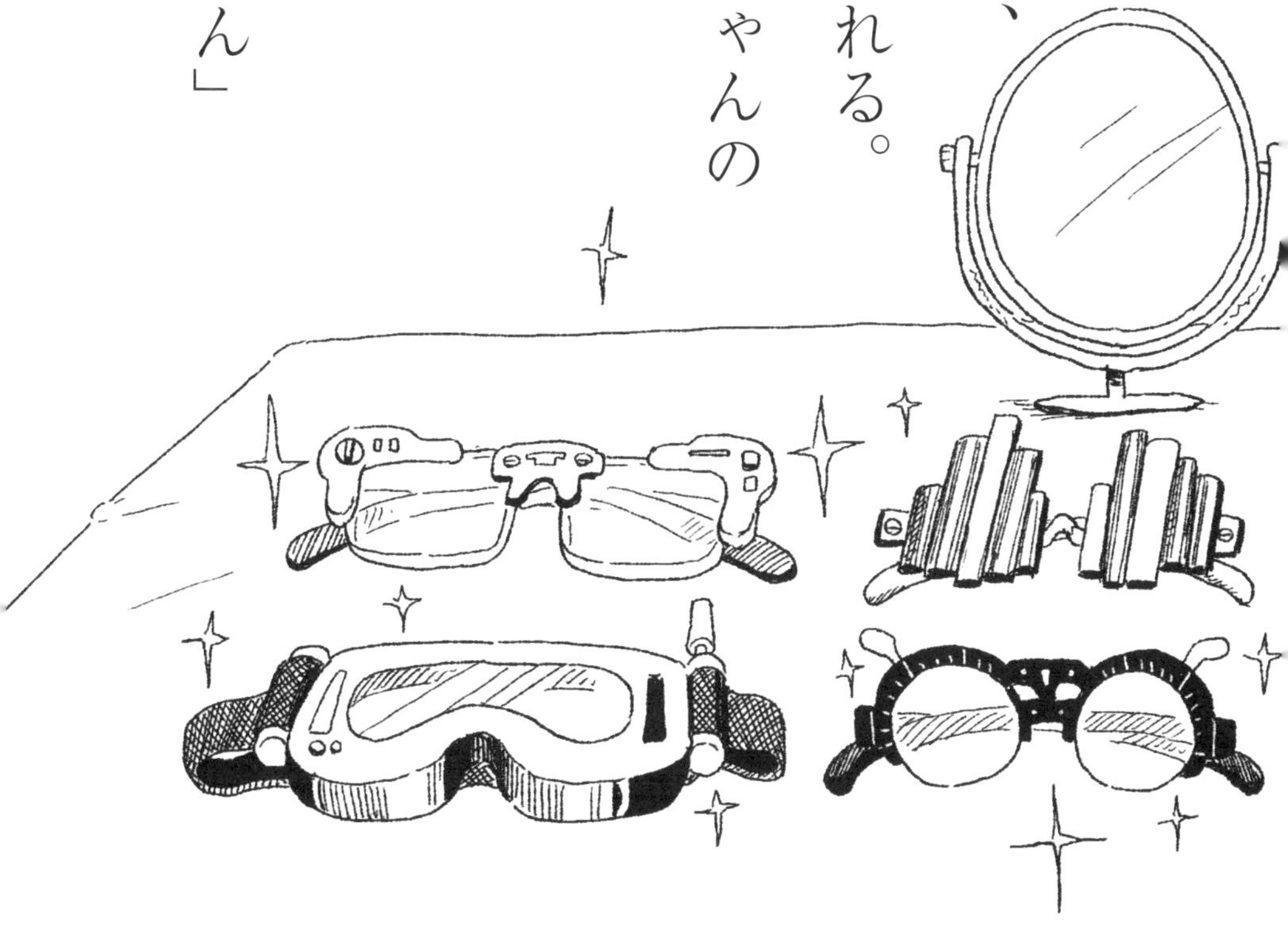

「店長《てんちょう》として、　おきゃくさんに
よろこんでもらうことは　あたりまえだよ」
ハルカちゃんの　やくに立《た》てて、ぼくは
うれしかった。
ハルカちゃんの　バレエを　する　すがた、
きっと　かわいいんだろうなあ。
ぼくは　ちょっと　頭《あたま》に
思《おも》いうかべてしまった。

「この　メガネ、ケンタくんも
つかってみれば？」
ハルカちゃんに　いわれて、
ぼくも　気《き》がついた。
「なるほど。それって　いい
アイディアかも」
せいせきが　上《あ》がれば、おこづかいが
ふえるかもしれない。

ハルカちゃんの　いうとおり、
ぼくも　テストで　カンガエルーメガネを
つかうことにした。

つぎの　日《ひ》、学校《がっこう》で　算数《さんすう》の　テストが
あった。
ぼくと　ハルカちゃんは、さっそく
カンガエルーメガネを　つかってみたんだ。
「さあ、答《こた》えを　みせてね。カンガエルーメガネ」
ぼくは、ドキドキして　メガネを　かけた。
ところが　テストを　みた　しゅんかん、
目《め》の前《まえ》が　まっくらになった。

「これじゃあ、もんだいが　みえないよ」
ぼくは、しかたなく　メガネを　はずして、
テストを　することに　なったんだ。

もどってきた　テストを　みた　ぼくは、
顔《かお》が　まっかに　なるほど　はずかしかった。
「ケンタ、どうした、この　せいせきは。
あまり　べんきょうしてなかったようだな」
タカギ先生《せんせい》は、かるく　ぼくの　せなかを
たたいた。
点数《てんすう》が　わるいのは　あたりまえだよ。

だって、カンガエルーメガネを　つかえると
思《おも》って、べんきょうしなかったんだもん。

「ハルカは　がんばったようだな」

タカギ先生《せんせい》が　ハルカちゃんを　ほめた。

なんと　ハルカちゃんは　百点《ひゃくてん》だった。

すごいなあ、ハルカちゃんは。
やっぱり　カンガエルーメガネを
つかえたのかな？

学校《がっこう》の　帰《かえ》り道《みち》、ぼくは　ハルカちゃんに　たずねてみた。

「ハルカちゃん、　カンガエルーメガネを　つかったの？　ぼくはね、目《め》の前《まえ》が　まっくらになって、　答《こた》えなんて　ぜんぜん　みえなかったんだ」

ぼくは、テスト中《ちゅう》に　あったことを、正直《しょうじき》に　ハルカちゃんに　話《はな》した。

ハルカちゃんは、ぼくに　いった。
「それがね。はじめは　わたしも、
カンガエルーメガネを　つかおうと　思《おも》って
かけてみたの。でも、テストを　みたときね、
やっぱり　自分《じぶん》の　力《ちから》で　やろうと　思《おも》って、
メガネを　はずしたの」
「ハルカちゃんは　つかわなかったんだ」
ぼくは　おどろいた。

「そうしたら、ふしぎなことが　おきたの。
メガネを　はずしたとたん、頭《あたま》に
答《こた》えが　うかんできたんだよ」

ハルカちゃんは、ふしぎそうに
せつめいしてくれた。
その　おかげで、ハルカちゃんは　百点《ひゃくてん》を
とれたというのだ。
きっと　ハルカちゃんは、バレエを
することを　お父《とう》さん、お母《かあ》さんから
ゆるしてもらえるだろうな。
とにかく　よかったね、ハルカちゃん。

でも、どうして　ぼくの　メガネは
みえなくなったんだろう。ふしぎだ。

「まほうは、正直《しょうじき》な 人《ひと》の
やくに立《た》ってくれるんだ」
ぼくは おじいちゃんの いっていた
ことばを 思《おも》い出《だ》した。

それって　正直《しょうじき》な　人《ひと》にしか　まほうどうぐは
うごいてくれないってことなのかな？
う〜ん。まほうって　むずかしいんだな。
ぼくは　これから　まほうデパートを
やっていけるのかな？

ハルカちゃんと　わかれると、ぼくは　家《いえ》へ
帰《かえ》った。
すると　家《いえ》の前《まえ》で　へんなものを　みつけた。
ネコが、大《おお》きな　ぼうしを　かぶっている。
ネコは　とつぜん　二本足《にほんあし》で　立《た》つと、
ぼくに　いった。
「きみは、この　家《いえ》の　子《こ》どもかい？」
ネコが　しゃべった！

「ぼくの　友《とも》だちの　きし、
ゲンガリバーから　まほうどうぐを
かえしてもらいに　きたんだけど。
ゲンガリバーは　どこかな？」
えっ？　ゲンガリバーって、だれ？

作者●山野辺一記（やまのべ かずき）
山口県下関市出身。アニメーションの脚本家。シナリオ制作会社エッジワークス代表取締役。日本脚本家連盟会員。日本放送作家協会会員。1997年にTVアニメ「超魔神英雄伝ワタル」（テレビ東京系列）で脚本家デビュー。「蒼穹のファフナー」、「おねがいマイメロディ」などヒット作品に携わる。アニメやゲーム、児童書、小説など活躍の幅は多岐にわたる。主な作品に、『おまかせ！ しゅくだいハンター』（金の星社）、コミック『クロウズヤード』（ジャイブ）、『シグマニオン・超限の闘争』（創芸社）などがある。

画家●木村いこ（きむら いこ）
奈良県出身。児童書・文芸誌などのイラストの仕事をしながら漫画家としても活動中。担当した児童書に『鈴とリンのひみつレシピ！』（あかね書房）、『コケシちゃん』（フレーベル館）など。漫画作品に『たまごかけごはん』、『いこまん』（以上徳間書店）など。

［装丁］DOMDOM

まほうデパート
本日《ほんじつ》かいてん！

作●山野辺一記　絵●木村いこ

初版発行／2015年8月
発行所／株式会社　金の星社
〒111-0056　東京都台東区小島1-4-3
電話　03-3861-1861（代）　Fax　03-3861-1507
振替　00100-0-64678
ホームページ　http://www.kinnohoshi.co.jp
印刷／広研印刷　株式会社
製本／牧製本印刷　株式会社

NDC913　ISBN978-4-323-07328-6　88P　22cm